U0009715

小野人 013

一閃一閃小銀魚 2
超級大朋友

【人與人｜以色列繪本之父經典代表作】

作　　者　保羅・寇爾（Paul Kor）
譯　　者　羅凡怡

總 編 輯　張瑩瑩
副總編輯　蔡麗真
主　　編　鄭淑慧
責任編輯　陳瑾璇
行銷企畫　林麗紅
印　　務　黃禮賢、李孟儒
封面設計　周家瑤
內頁排版　洪素貞（suzan1009@gmail.com）

社　　長　郭重興
發行人兼出版總監　曾大福
出　　版　野人文化股份有限公司
發　　行　遠足文化事業股份有限公司
地址：231 新北市新店區民權路 108-2 號 9 樓
電話：（02）2218-1417　傳真：（02）8667-1065
電子信箱：service@bookrep.com.tw
網址：www.bookrep.com.tw
郵撥帳號：19504465 遠足文化事業股份有限公司
客服專線：0800-221-029
法律顧問　華洋法律事務所　蘇文生律師
印　　製　成陽印刷股份有限公司
初　　版　2018 年 07 月

歡迎團體訂購，另有優惠，請洽業務部（02）22181417 分機 1124、1135

作者簡介

保羅・寇爾

Paul Kor，1926 ～ 2001

★以色列國寶級童書作家

★以色列貨幣及郵票設計之父

保羅・寇爾生於法國巴黎的猶太家庭，22 歲移居以色列，是以色列現代紙幣及郵票的第一代設計師。他出版超過 20 本暢銷童書，《小銀魚三部曲》是其中最經典也最暢銷的作品，不僅一舉摘下以色列殿堂級「Ben Yitzhak Award」童書插畫獎、收藏於以色列國家博物館中，也成為每一位猶太兒童必讀的「生命教育」啟蒙繪本。可以說，猶太人的啟蒙教育，從《聖經》和「小銀魚」開始！

一閃一閃小銀魚❷
超級大朋友

線上讀者回函專用 QR CODE，您的寶貴意見，將是我們進步的最大動力。

一閃一閃小銀魚 2
超級大朋友

以色列繪本之父
Paul Kor 保羅‧寇爾——著　羅凡怡——譯

野人

在深藍色的大海裡，住著一隻好小好小的魚。
記得嗎？就是那隻名叫閃閃的小銀魚。
有一天小鯨魚迷路了，
閃閃幫他找到爸爸媽媽，
兩人也變成好朋友。

從那天開始，
閃閃就成了海裡的英雄。
所有的魚，不管大魚、小魚或是海馬，
只要看到閃閃經過，都會稱讚他。

嗨，小閃兒！

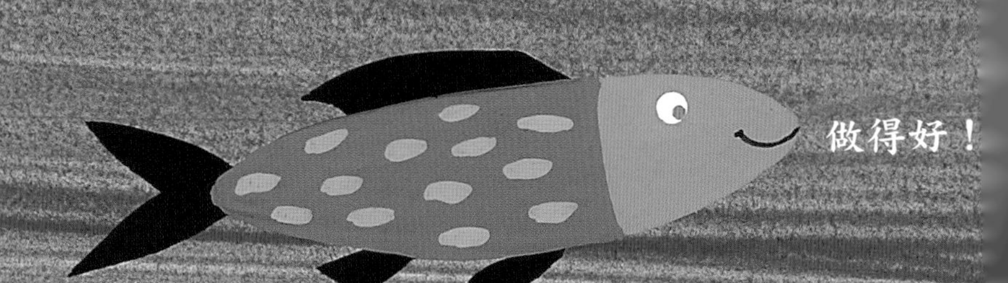

你好啊，閃閃。

嘿，老兄！

哈囉！哈囉！

你真棒！

好耶！閃閃！

偶像！
我真是以你為榮！
嗨！
閃閃萬歲！
閃閃真優秀！
英雄！
第一名！
太傑出了！
厲害！

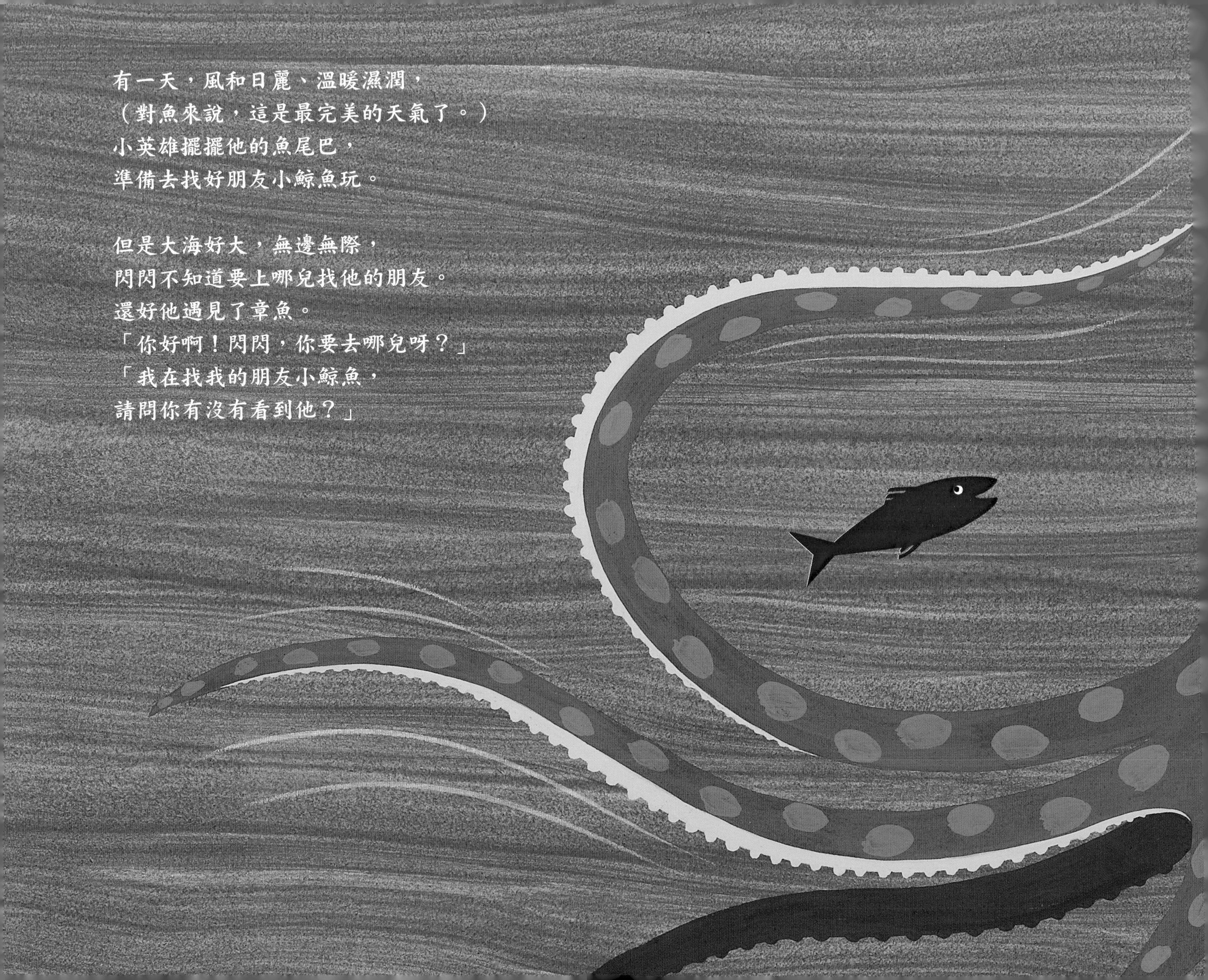

有一天，風和日麗、溫暖濕潤，
（對魚來說，這是最完美的天氣了。）
小英雄擺擺他的魚尾巴，
準備去找好朋友小鯨魚玩。

但是大海好大，無邊無際，
閃閃不知道要上哪兒找他的朋友。
還好他遇見了章魚。
「你好啊！閃閃，你要去哪兒呀？」
「我在找我的朋友小鯨魚，
請問你有沒有看到他？」

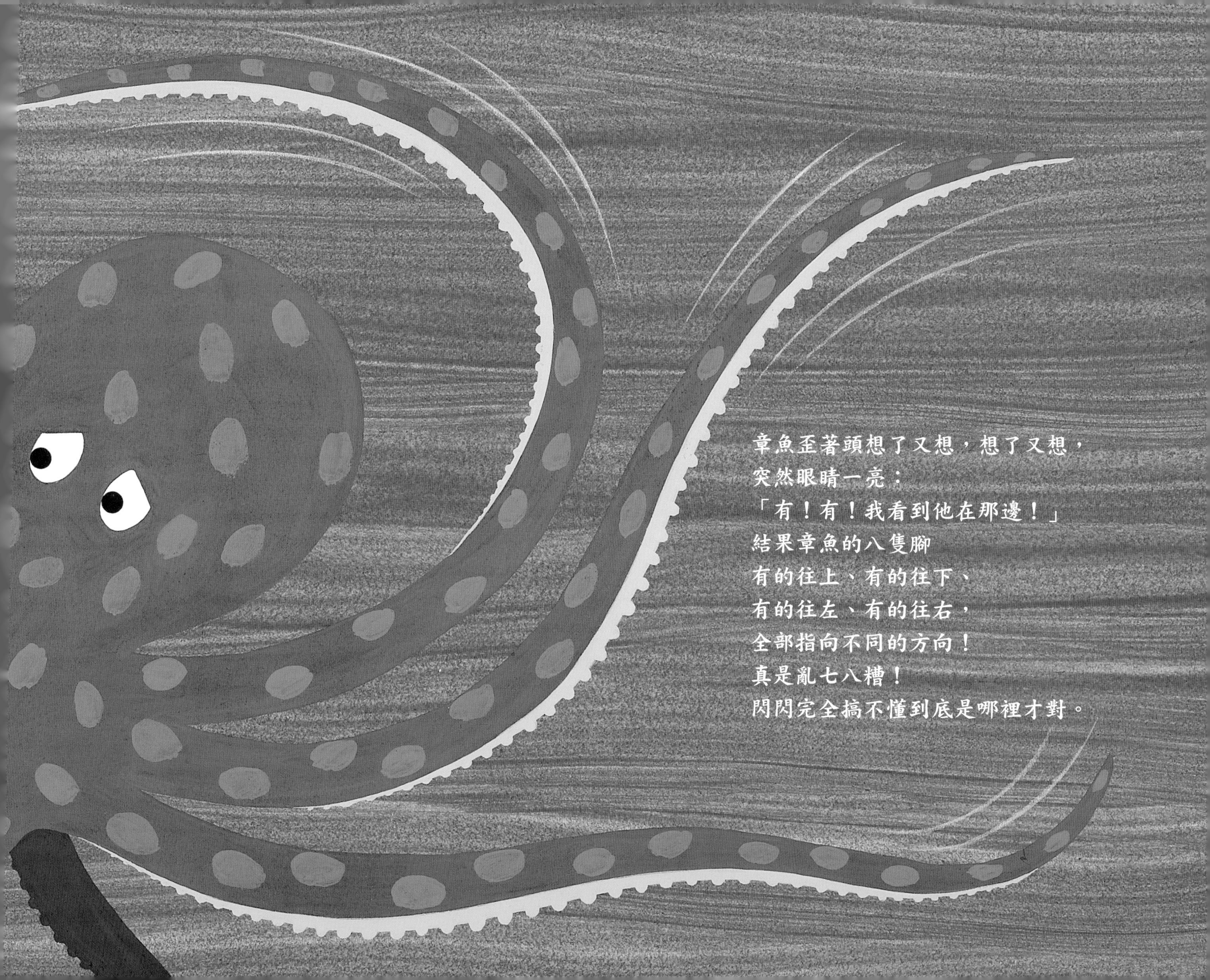

章魚歪著頭想了又想，想了又想，
突然眼睛一亮：
「有！有！我看到他在那邊！」
結果章魚的八隻腳
有的往上、有的往下、
有的往左、有的往右，
全部指向不同的方向！
真是亂七八糟！
閃閃完全搞不懂到底是哪裡才對。

閃閃問：
「請問你說的是哪邊啊？
可以只用一隻腳指一個方向嗎？」
章魚不好意思的說：
「你說得對，
我自己也常被這些腳搞得頭暈眼花。」

「他在那裡！」

於是，閃閃就往那個方向游過去。

在那裡，
閃閃遠遠就看到有個黑黑尖尖的東西！

他朝那兒大喊：
「是我啦！我是閃閃，
我們一起玩好不好？」
可是那隻鯨魚沒有回答。
閃閃覺得很奇怪：「為什麼他都不理我？」

他愈游愈近，發現另一個尖尖的東西，
然後又看到一個更大更尖的東西。
看起來像是兩片魚鰭。
「小鯨魚的鰭長得不是這個樣子，那這是什麼魚？」
閃閃好奇心大起，
決定弄清楚這是什麼奇怪的魚。

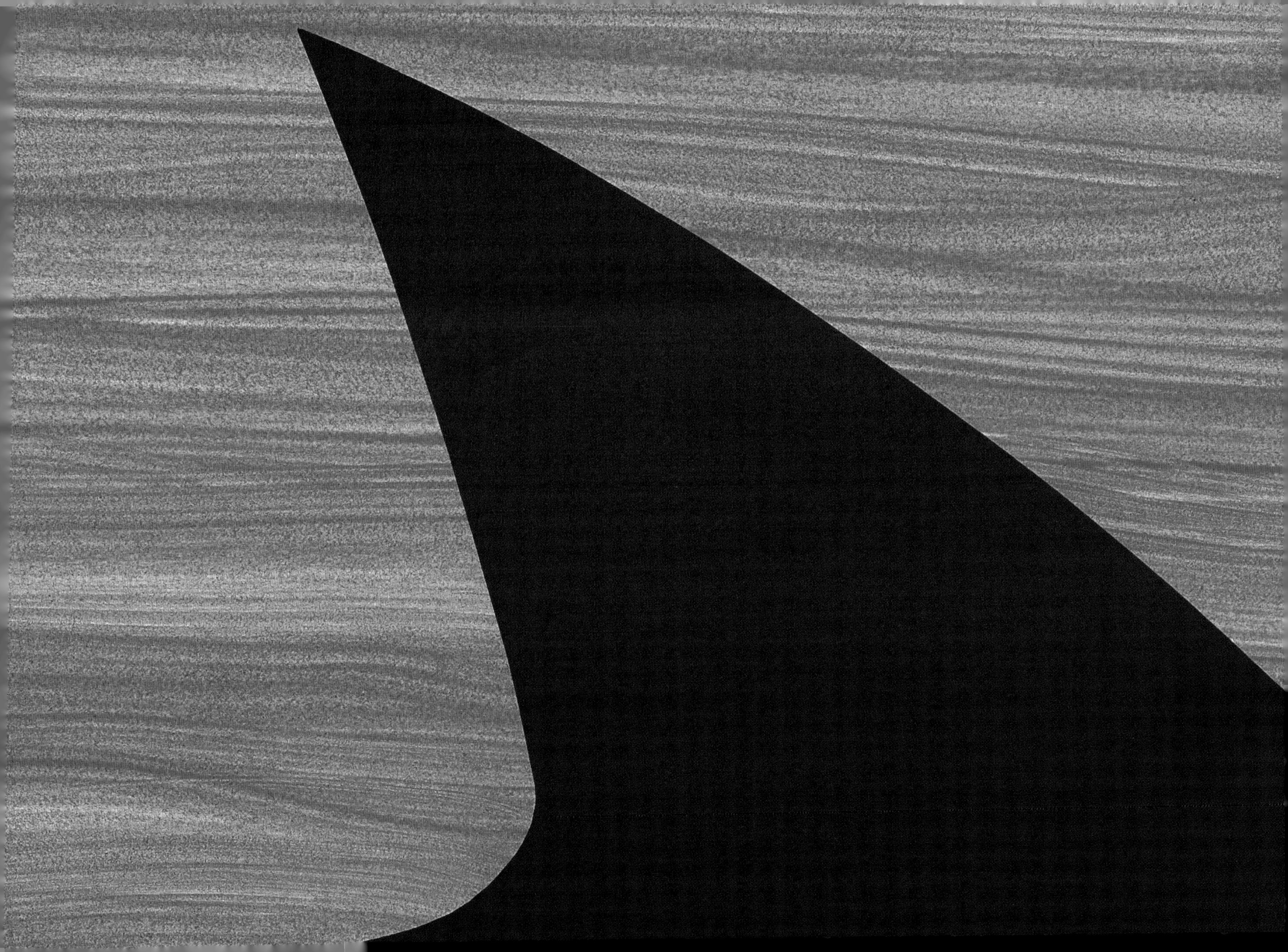

突然，
一個大黑頭出現在閃閃眼前，
黑得跟炭一樣。

頭底下白得像牛奶，
還有一個大嘴巴緊緊閉著。
閃閃心想：
「這不像是我的好朋友小鯨魚。
可能是別的鯨魚吧？
他也需要我的幫忙嗎？」

閃閃靠近，問：

噢！天哪！
大怪魚張開血盆大口，
露出兩排白森森的尖牙，低吼著說：
「我不是鯨魚，我是鯊魚。
很高興認識你！
如果能吃掉你就更棒了！
我現在很餓，
小魚兒剛好是我最喜歡吃的一道菜！」

閃閃嚇壞了。
他知道他的麻煩大了，
立刻轉身就跑。
壞鯊魚緊追在後：
「你逃不掉的！我要把你吃了！」

「不好意思……我是小銀魚閃閃。
請問你是鯨魚嗎？我們一起玩好不好？」

閃閃使盡全力拚命游、拚命游，
但是鯊魚的尖牙還是愈靠愈近、愈靠愈近，
隨時都會咬到他的尾巴，把他一口吞下。

眼看著就要咬到尾巴了，
閃閃決定扯開嗓門大喊：
「救命啊！救命啊！救命啊！」

突然間……

砰！

一個大尾巴掃過來，
狠狠敲在鯊魚頭上。
原來是小鯨魚聽到好朋友的呼救聲，
立刻趕過來救援。

他左一拳、右一拳，
打得鯊魚完全失去了胃口。
（還掉了幾顆牙⋯⋯）

小鯨魚用全身的重量，壓得鯊魚苦苦求饒：
「不要壓了！放開我！你好重！
我的頭好痛！背好痛！
尾巴都快斷掉了！
我不餓了。
我保證絕對不會再碰閃閃一根汗毛。
拜託饒了我吧！」

小鯨魚放開鯊魚，警告他：

「不准再來，聽到了沒？
敢再回來，
你會後悔一輩子！」

「好，我走，我馬上走，」
鯊魚說，
「可是我的頭真的好痛，
你可以給我一顆止痛藥嗎？」

「快滾！
你應該慶幸
你的頭還在。」

鯊魚轉身就逃得無影無蹤，
再也不敢回來。
（聽說他快逃到世界的另一頭了）

然後我們的故事也接近尾聲囉。
閃閃滿心感謝，
給了小鯨魚一個大大的擁抱。
「謝謝你！我的超級大朋友！」

小鯨魚笑著說：
「別客氣！互相幫忙
才是超級好朋友啊！」

你願意做我的超級大朋友嗎？